이야기감

어르신 이야기책 _303 긴글

이야기감

초판 1쇄 발행일 2018년 3월 9일

지은이 유재용
그린이 낙송재
펴낸이 이원중

펴낸곳 지성사 출판등록일 1993년 12월 9일 등록번호 제10-916호
주소 (03408) 서울시 은평구 진흥로1길 4(역촌동 42-13) 2층
전화 (02) 335-5494 팩스 (02) 335-5496
홈페이지 지성사.한국 | www.jisungsa.co.kr 이메일 jisungsa@hanmail.net

ⓒ 유재용·낙송재, 2018

ISBN 978-89-7889-371-8 (04810)
       978-89-7889-349-7 (세트)

이 도서의 국립중앙도서관 출판예정도서목록(CIP)은 서지정보유통지원시스템 홈페이지
(http://seoji.nl.go.kr)와 국가자료공동목록시스템(http://www.nl.go.kr/kolisnet)에서
이용하실 수 있습니다. (CIP제어번호: CIP2018006012)

어르신 이야기책 _303 긴글

이야기감

유재용 글 · 낙송재 그림

 지성사

1

새댁 박씨가 한씨가문에 시집오기는 열여덟 살 때였다.

신랑은 열두 살, 상투 틀고 망건 쓰고 초립 쓴 처지는 알아서 제깐에는 어른 태 낸답시고 팔자걸음 흉내도 내보곤 했지만 아직은 대님도 반듯하게 맬 줄 모르는 어린애였다.

낮이면 글방에서 글 읽는 품이 제법 의젓해 보이기도
했지만, 밤이면 댁네방은 기웃거려보지도 않고
어머니방부터 찾아들어갔다. 막둥이여서인지도 몰랐다.
시어머니는 제 댁네 마다하고 당신 품 쑤시고 들어오는
막둥아들을 오히려 대견스러워하는 것 같았다.

"세상에 없는 일이 일어나두 삼 년 동안은 눈 가리구
귀 막구 입 다물구 지내거라."

　시집올 때 친정어머니가 귀가 닳도록 들려주던 말이었다.
독 오른 고추보나 더 맵다는 시집살이 견뎌내려면
그래야 된다는 얘기겠지만, 새댁 박씨는 친정어머니의
그 말을 자꾸만 신랑 나이에 빗대보곤 했다.
삼 년만 잊어버리고 지내면 신랑이 제 구실 하게 되겠지.

기울어진 양반집 격식은 까다로웠다.
시조부모, 시부모, 시숙들과 손위 동서들, 층층시하에서
새댁 박씨는 일 속에서 헤어나지를 못했다.
게다가 열손가락으로는 다 셀 수도 없는 조카들,
큰사랑, 작은사랑에 죽치고 앉아 있는 군식구들.

사내종 하나 계집종 하나, 종 둘이 집 안팎을 바람소리
내며 뛰어다녀도 일거리는 남아돌고 밀리고 쌓였다.

빨래방망이질, 맷돌질, 절구질, 디딜방아질, 다듬이질,
홍두깨질, 다림질, 바느질,
끝없이 이어지는 일 속에 파묻혀 허우적거리다가
밤늦게 겨우 몸을 빼내 자리에 누우면 성한 데 없이
온몸 삭신이 골고루 쑤셔댔다.

이것이 바로 고추보다 맵다는 시집살이로구나.
시집살이 멍든 몸 멍든 마음 쓰다듬어 풀어줄
손길 가진 사람은 신랑밖에 없다던 말을 떠올려보고,
그래서 삼 년이 견디기 어렵다는 말도 떠올려보며
빈 방 휘둘러보고 한숨 쉬다 잠 속에 떨어지곤 했다.

　　그렇게 세 해가 지났다. 내려다보이던 신랑의 키가
맞바라보도록 자랐다. 뼈마디도 제법 굵어졌다.
하지만 그보다도 더욱 달라진 것은 눈빛이었다.

새댁을 보는 신랑의 눈빛에 불이 일었다. 그런 눈빛을 받을
때면 새댁은 가슴이 찌르르해져서 얼굴을 숙여야 했다.
이제 시집살이 삼 년을 넘겼구나 하는 생각이 들었다.

날이 갈수록 신랑은 보채듯 그런 눈길을 더 자주
보내왔다. 그렇지만 새댁으로서는 어쩔 도리가 없었다.
시어머니가 막둥아들을 암탉이 병아리 품듯 하고
있었다.

　　"저것 보게, 서방님이 새댁 보는 눈길에 불이 활활
타올라."

　　"글쎄 말이에유. 서방님이 신방 차리고 싶으신가봐유."

　　"저만큼 숙성하시니 신방 차려두 되지유 뭐."

　　눈치를 차린 동서들이 시어머니 들으라고 큰소리로
떠들었다.

시어머니 귀에 그 소리가 들어갔다.

"끝의 아이가 즈 형들보다 숙성하기는 하다.
하지만 느 시할아버님이 느 시아버님을 나신 게 열일곱
되시던 해였댄다. 그리고 느 시아버님이 큰아들 보신 것두
열일곱 살 되시던 해였어. 또 큰애가 첫아들 난 것두
열일곱 살 되던 해였구.
아니 느덜두 다 알구 겪구 한 일이다만
우리 집안 남정네들은 다 열일곱 살이 지나서
첫아이를 보지 않았느냐?"

시어머니의 말이었다.
그 말로 미루어보면 신랑이 열여섯 살 되는 봄이
지나서야 새댁방으로 보내줄 모양이었다.

일 년을 더 기다려야 했다. 신랑의 눈길은 자꾸 뜨거워졌다.
집안이 호젓하기만 하면 달려들기라도 할 것 같은
눈빛이었다. 하지만 보는 눈이 너무 많았다.

삼 년이나 기다렸는데 일 년쯤 더 참아 넘깁시다.
새댁은 마음속으로 뇌었다. 자기더러 하는 말이기도
했다.

　그러자 서울에서 난리가 일어났다는 소문이 들려오고,
그 난리를 가라앉히려고 청나라 군사가 배를 타고
바다를 건너와 서울로 쳐들어간다는 소문이 들렸다.
청나라 군사들 난리를 가라앉히러 왔는지
노략질을 하러 왔는지 가 닿는 데마다 재물을 약탈하고
부녀자를 겁탈한다는 소문이 뒤따라 들려왔다.

새댁의 시집동네는 청나라 군사가 지나갈 길목이라고
했다. 집집마다 헛간이나 마루 밑이나 뒤꼍에 땅광을
파고는 쓸 만한 재물이나 곡식을 파묻느라 야단이었고,
부녀자들은 남복을 차려입고 얼굴에 숯검정을 칠해
못생긴 남자 얼굴 꾸미기에 바빴다.

시집간 부인네들은 쪽을 풀어 상투를 짜거나
떠꺼머리 총각처럼 따내리느라 법석을 떨기도 했다.
어린아이들 말고 남자들만 모여 사는 동네 같았다.
그래도 마음이 놓이지 않아 동네사람들은 미리
피난을 떠나는 사람이 많았다.

　한씨 집안 며느리들은 난리가 가라앉을 때까지
친정에 가 있으라는 분부를 받았다.

이튿날 아침 떠나기로 하고, 난리 때라고는 하지만
며느리 친정길에 빈손으로 보낼 수는 없다고 떡을 치고
닭을 골라 발목을 잡아매놓고 하며 법석을 떨 때였다.

청나라 군사가 이날 안으로 들이닥칠 것 같다는
전갈이 왔다. 떡이고 닭이고 다 팽개쳐 두고
며느리들은 부랴부랴 친정길을 떠났다.

여느 때 같으면 사내종 바우가 지게짐을 지고 뒤따를
것이지만 이번에는 열다섯 살 난 신랑 혼자 새댁 옆에
달랑 따라섰다. 난리가 닥쳐온다니까 겁을 먹은 얼굴빛이
아직은 꿋꿋해 보이지도 듬직해 보이지도 않았지만,
호젓한 친정길을 신랑과 둘이서만 걷는 일이 마냥
조마조마하지만은 않았다.

난리가 신방차림을 일 년 앞당겨 주었다는 생각이기도
했다. 친정에서는 으레 신랑과 한방을 쓰게 해줄 것이었다.

　신랑은 망건에 갓을 얹어 썼지만, 새댁은 허름한
바지저고리를 차려입어 떠꺼머리 총각으로 꾸며 놓았다.
양반댁 어린 서방님 행차에 종녀석이 따라가는 격이었다.
그렇게 새댁은 신랑 뒤로 두어 걸음 처져서 따라갔다.
신랑은 그 활활 타오르던 눈빛과는 달리
앞서서 걸어가는 채 말이 없었다.

다 자라지 못한 가슴 속을 근심걱정이 메우고 있는
것일까. 내 쪽에서 먼저 말을 걸어주자.
다정한 말로 아직도 얄팍한 저 가슴을 찍어누르는
근심걱정을 녹여주자꾸나.

새댁은 이런 말 저런 말을 생각해내어 입안에 담고

혀로 이리저리 굴려보았지만 도무지 말이 되어

나오지를 않았다.

친정동네까지는 산골길 삼십 리였다.

이십 리를 말없이 걸었다.

서산 위로 노루꼬리만 한 해가 남아 있었다.

이름 모를 들꽃과 풀잎들이 저녁바람에 살랑대고 있었다.

길가 숲속에서 수염 덥수룩한 장정 네댓 명이 나와

뒤따라 섰다. 떠꺼머리가 보이지 않는 걸 보면

상투장이들인데 뭘 하는 사람들인지 수건으로 맨머리를

싸매고들 있었다. 나무꾼들일까, 숯 굽는 사람들일까,

땅꾼들일까, 아니면 불한당일까.

장정들이 바짝 뒤따라 서는 것을 느끼며 새댁이 흠칫 어깨를 움츠리는데 걸걸한 목소리가 귓바퀴를 때렸다.

　　"보아하니 상전댁 서방님 수행하는 종녀석 같은데 그 걸음걸이 한번 요상하구만그려."

　　신랑이 길가로 비켜서며 걸음을 멈췄다. 새댁도 따라서 걸음을 멈췄다.
장정들도 따라서 멈춰 서는 게 심상치가 않았다.

　　"걸음 빠른 사람들이 앞장섬세. 우리는 뒤처져 가겠네."

　　신랑의 목소리가 조금 떨리는 것 같았다.

"어디루 가시는지 모르겠으나 해 떨어지는데 산속에서 뒤처지시다니유? 어서 앞장서 가시지유."

장정 가운데 하나가 유들유들하게 말했다.

"청나라 군사 행패 부리는 거 피해서 외가집 가는 길일세. 생각해 주는 건 고맙네만 내 걱정 말구 어서들 앞장섬세."

신랑이 멈춰 선 채로 다시 말했다.

"즈이들 걱정두 마세유. 즈이들이야말루 눈곱만큼두 바쁘지 않은 사람들인걸유."

신랑의 눈 속에 겁이 왈칵 엉겼다.

솟는 해와는 달리 떨어지는 해는 바빴다.

신랑은 서산머리를 힐끗 바라보고는 도망치듯 걸음을

옮겼다. 새댁이 그 뒤를 따라섰다.

따라오는 발걸음소리들이 등뒤에서 들렸다.

신랑의 걸음걸이가 엄벙대는 것 같았다.

새댁의 눈에 신랑의 목줄기가 유난히 가늘어 보였다.

얄팍한 가슴과 좁은 어깨가 너무도 허술해 보였다.

　　"양반댁 서방님, 종녀석을 잘못 고르셨군유. 어깨는

좁구, 궁뎅이는 널브러져 가지구 디룩디룩 아장아장

걷는 꼴이 꼭 기집 걸음샛걸유.

저래 가지구는 장작두 제대루 뼈개지 못하겠는데유."

짓궂게 굴기 시작했다.

"상전 앞에서 종을 놀리는 짓은 바루 그 상전을
놀리는 것일세."

신랑은 돌아보지도 못하는 채 허청걸음을 걸으며
그래도 한마디 했다.

"산길은 웃으메 떠들메 걸어야 하는 겁지유.
서방님두 웃으메 떠들메 가세유."

"아무렴, 그렇구말구. 저 녀석 귀 밑으루 흘러내린
볼하며 떠꺼머리 밑으루 저 뽀얀 목덜미 살결 보게.
기집의 살결인들 저렇게 고울 수가 있는감.

사내눔이 사내 간장을 녹이네그랴."

"허지만 저런 눔은 사내구실을 못혀. 저눔 사내구실
하두룩 맹글어 주는 게 워때?"

"좋다마다. 저렇게 기집같이 생긴 눔은 깝데기를
벳기구는 불알을 주물러 줘야 해."

"어머나!"

새댁은 펄쩍 뛰며 앞서 가는 신랑의 팔에 매달렸다.

"업새? 저눔의 목청두 기집 같잖남? 얼래?
그 참 요상하구만.

불알을 주물러두 단단히 주물러야 사내구실 하겠는걸.
저눔 좀 잡아 떼 오라구. 날 어둡기 전에 사내 맹글어
줘야겠어."

신랑이 우뚝 멈춰 서며 새맥을 감싸듯하며 뒤돌아섰다.
신랑의 가슴 뛰는 소린지 새맥의 가슴 뛰는 소린지
쿵쾅쿵쾅 북치는 소리 같은 것이 몸으로 전해져 왔다.

"내 바른 대루 말함세. 이 사람은 남자가 아니라 여자일세.
바루 내 내잔데 청국군사들이 부녀자를 희롱하구
겁탈한대서 떠꺼머리 총각으루 꾸미구 친정으루
피난 가는 길일세."

신랑이 젖 먹던 힘을 뽑아내듯 말했다.

"서방님두 우스갯소리 잘하시네유. 암 그리세야지유.
야, 이눔아, 겁먹지 말구 이리 오너라.
우리가 공짜루 네 눔을 의젓한 사내루 맹글어 줄 테여."

　장정들이 달려들어 신랑한테서 새댁을 떼어냈다.
그 억센 힘들을 당할 재간이 없었다. 장정들은 새댁을
번쩍 들어 어깨에 떠메고 숲속으로 들어갔다.
해는 떨어지고 땅거미 지며 어둠이 스멀스멀 엉기고
있었다.

　새댁 박씨의 태중에서 어느 사내의 것인지도 모를
씨가 싹터 자라고 있었다. 새댁은 사내들의 모습을
생각하고 싶지도 않았지만, 거꾸로 아무리 생각해내려
해도 뚜렷한 모습으로 엉겨들지가 않았다.

사내들에게 욕을 당하고 정신을 잃었을 때
아주 깨어나지 못했으면 좋았을 것을.
또 사내들도 그렇지, 짓밟고 내버릴 바에는
아주 먼 곳으로 떠메다가 그럴 것이지
신랑의 눈길 닿을 곳에 버려두고 가다니.

　신랑이 새댁 친정으로 헐레벌떡 뛰어와 말을 전해서,
친정아버지가 사람들을 끌고 가 까무러쳐 있는 새댁을
업고 왔댄다. 새댁이 정신을 차렸을 때 신랑은 가고 없었다.
그 어두운 밤길을 혼자 걸어 돌아갔을까.

새댁은 통곡을 하고 싶어도 울음도 나오지 않았다.
이틀밤 이틀낮을 눈 감고 입 다물고 누워 있다가
혀를 깨물었다. 혀가 으깨지며 기절을 했다.

정신이 들어 보니 입에 재갈이 물려 있었다.

"아가, 이 에미한테는 소박 맞은 딸이라두 죽기보담은 살아 있는 게 좋워."

친정어머니가 머리맡에 앉아 눈물을 찍어내며 말했다.

며칠 동안 입에 재갈이 물려 있었다. 친정어머니는 재갈 물린 입을 벌리고 좁쌀 미음이나 죽을 순갈로 떠넣어 주고 또 넣어 주곤 했다. 그래, 어머니 돌아가실 때까지만 죽은 듯 살아 있자꾸나.

재갈은 풀렸지만 어머니 아니면 다른 시중꾼이 늘 곁에 붙어 있었다.

새댁 박씨가 자기 뱃속에서 임자 모를 씨가
싹터 자라고 있는 사실을 알기는 그로부터 두 달 뒤였다.

"하느님두 무심하시지!"

딸의 심한 입덧을 딱한 눈초리로 지켜보던 친정어머니가
말했다. 친정어머니와 온 식구가 잠든 밤, 새댁은 방을
빠져나가 뒤란 감나무 가지에 목을 맸다. 정신이 들어
눈을 뜨니 어머니의 뻘개진 눈이 내려다보고 있었다.

"이것아, 에미 속타 죽는 꼴이 그렇게 보구 싶니?"

계집종 언년이가 마침 측간에 가다가 감나무 가지에
매달린 새댁을 보았댄다.

목숨이 모질다더니 그것 한번 끊어버리기가

이렇게 어려운가.

"내가 핏덩이 떨어뜨리는 방법을 해주마.

그래두 안 떨어지거든 팔자루 생각하구 내버려둬야 해여."

어머니가 말했다.

어머니는 점쟁이한테 가서 부적을 사다가 새댁의 배꼽에

붙이고는 녹두를 갈아 그 물을 퍼먹으라고 했다.

새댁은 녹두 간 물을 이 악물고 한바가지나 퍼마셨다.

사흘 동안 심한 배앓이를 했지만 뱃속의 핏덩이는

떨어지지 않았다.

34

이번에는 자배기에 물을 채워 들고 집 울안을 열 바퀴
스무 바퀴 맴돌았다. 나뭇가지 위로 올라가
딱딱한 땅바닥으로 엉덩방아 찧으며 뛰어내렸다.

방에 들어가서는 엉덩이를 든 채 두 무릎을 세우고는
쭈그려 앉아 무거운 다듬잇돌을 머리 위로 추어 올렸다
내렸다 했다. 그것도 부족할까 싶어 자리에 누워서는
주먹으로 아랫배를 두드리고 손가락으로 꼬집어뜯곤 했다.

그렇게 보름쯤 하니까 몸살이 나 누워야 했다.
온몸 마디마디가 쑤시고 저리고, 열이 올라 펄펄
끓으며, 이를 악물어도 앓는 소리가 잇사이를 비집고
퉁겨져 나오는데도, 애가 떨어지려고 아픈 거라면
얼마든지 더 아파도 좋다, 그저 핏덩이만 떨어져다오,

이렇게 마음속으로 정성을 드리듯 했다.

하지만 핏덩이는 떨어져 주지를 않았다.

"니 팔자가 그런가부여. 꾹 참구 낳아라.

내 뒷감당해줄 테니께."

어머니가 가엾다는 듯 말했다.

새댁의 귀에는 그 소리가 별로 고맙게 들리지가

않았다.

몸살에서 일어나자 새댁은 뒷동산에 올라가 남모르게

할미꽃뿌리를 캐왔다.

독약이었다. 죽기 아니면 살기라는 생각이었다.

할미꽃뿌리를 짓찧어 물을 내 마셨다.

배창자가 타서 오그라드는 것 같았고,

목줄기가 녹아 끊어지는 것 같았다.

피를 사발로 토했다. 피를 토하면서도 아래로 피를

쏟아야 애가 지워지는 거라는데 하는 생각을 했다.

어쨌든 핏덩이만 지워져다오,

새댁은 반주검이 되어 가지고 그렇게 뇌었지만,

이번에도 핏덩이는 떨어지지가 않았다.

끈질기게도 달라붙어 있었다.

"뱃속의 핏덩이가 그렇게두 원수 같으냐?

그럼 내 죽여주마. 하지만 무슨 일이 있어두

세상 나와 보구야 말겠다는 배짱 가진 눔인 모양이니,

니 몸 상할 짓 고만하구 우선 날 생각을 혀.

내 지키구 있다가 세상 나오는 대루 목이라두 눌러

죽여 줄 테니께."

　어머니가 말했다.

새댁도 더는 자기 몸을 들볶을 기력이 없었다.

몸 성하게 다시 살아난다면 팔자 따라 살아보리라고

마음먹었다.

　그럭저럭 몸은 되살아났다.

배는 남의 눈에 띄도록 불러올라 있었다.

아무리 친정이지만 눌러 있을 수가 없었다.

　"어무니, 저 서낭당고개 위에나 올라앉아 있어 볼께유."

새댁은 생각생각 끝에 어느 날 친정어머니한테 말했다.
소박맞아 갈 곳 없는 여자가 지나가는 사내더러
주워가라고 몸을 내던지듯 맡기는 막다른 길이었다.

새벽에 고개 위 서낭당 앞에 올라가 있으면
첫 번째 지나는 사내가 마음만 먹는다면
여자를 제것으로 할 수가 있었다.
장사꾼이건 농사꾼이건, 불한당이건, 거지건
팔자 소관으로 알고 따라서야 한다.

운수 좋으면 상처한 양반의 후처 자리로도 들어앉을 수
있겠지만, 운수 사나우면 거지의 여편네가 되거나
불한당한테 걸려들어 이리저리 굴러다니다가 술집 작부로
팔려갈 수도 있었다.

"장난칠 맘 먹은 녀석이나 데려간다구 할까, 니 배부른
꼴 보구 어떤 녀석이 데려다 살려구 하겠단다냐?

몸 풀구 나서 홀가분해지거들랑 내 은근히 사람 놓아
하다 못해 상민의 후처자리라두 염탐해 보마."

어머니가 말했다.

"어린 것은 어떡하구유?"

"지우지 못해 애를 쓰더니 인제는 정이 가냐?"

핏덩이가 뱃속에서 꿈틀거리면 심란해지곤 했다.
그것도 정이라고 할 수 있을까.

"내가 키워주랴?"

"어무니 돌아가시믄유?"

"아따, 뱃속에 들어 있는 핏덩이 환갑 지낼 걱정까지
하네그랴.
애 낳자마자 애 읎는 집 업둥이루 들여보내두 되구 말여.
워쨌든 팔자를 고칠래믄 몸이 홀가분해야 쓴다."

"싫어유."

"싫으믄 워떻기 할 테여? 그 배를 해 가지구 말여?"

"이대루 서낭당고개에 올라가 볼래유."

"늙은이는 고집만 남는대드구만서두
젊은것이 웬 고집이여?"

　어머니는 딸의 고집을 꺾지 못하겠다는 듯 물러앉는
한숨을 내뿜었다.
윷가락 던지듯 해보는 거다, 새댁은 마음을 다져 먹었다.

　어느 날 새벽 새댁은 집을 빠져나갔다. 겨우 동이 틀
기미를 보이고 있었다. 아직은 하늘에 별이 초롱초롱했고,
숲과 산이 검은 덩어리로 한데 엉겨붙어 있었다.

새댁은 더듬더듬 고갯길을 추어 올라갔다.

뒤엉긴 검은 덩어리 속에서 설령 바람이 기어나와
스산하게 발치를 맴돌았다. 짐승이 튀어나와 덮칠 것
같았다. 짐승이라도 먼저 차지하는 놈이 임자다. 새댁은
그렇게 생각하며 비탈길을 느릿느릿 걸어 올라갔다.

고개 위에 닿으니 날이 훤히 밝아오고 있었다.
새댁은 돌멩이를 주워서 서낭당 앞 돌무더기 위에
던져 놓고는 그 앞에 쭈그려 앉았다.

이윽고 날이 활짝 밝았을 때 고개 아래쪽에서 인기척이
들렸다. 새댁은 눈을 꼬옥 감았다가 잠시 뒤
살며시 눈꺼풀을 쳐들고 비탈길을 내려다보았다.

고개 굽이를 돌아오는 사람의 모습이 보였다.

등에 광우리 소쿠리 같은 것을 짊어지고 있었다.

광우리장수 아니면 고리장이로구나.

새댁은 마른침을 꿀꺽 삼키며 고개를 숙였다.

다가온 사람이 새댁 앞에서 걸음을 멈췄다.

"갈 곳 읎는 사람이걸랑 내 뒤를 따라 스시구랴."

갈데없는 상사람의 말투였다.

새댁은 말없이 몸을 일으켜 세우며 배를 내밀었다.

"태중이구랴. 하지만 서낭당 앞에서 만난 각시는
신령님이 내려주신 배필이라더구만.

삼십 넘은 총각이니 자식 늦었다구 어린애까지

뱃속에 넣어 보내주셋나벼. 자, 따라 스시우."

　사내는 말하고는 앞서서 걸음을 옮겼다.

길게 따 늘인 머리채가 광우리에 가려져 있었다.

새댁은 말없이 사내 뒤를 따라갔다.

해가 떠오르고 있었다. 이슬이 빛나는 고개 비탈길을

두 사람은 걸어 내려가며 점점 멀어져갔다.

2

"광우리나 소쿠리나 채반이나 고리짝이나 키나 조리

결으세유—."

삼 년 전에 다녀간 광우리장수였다.

만든 물건을 지고 다니면서 파는 것이 아니라

견본만 가지고 다니며 보여 주고 주문이 들어오면

눌러앉아 싸리니 대니 고리버들을 베어다가

그릇을 결어 주곤 하는 장인이었다.

그러니까 광우리장수라기보다는 고리장이었다.

삼 년 전에 왔을 때 이 진사댁 문간방에서

한 달을 묵어갔다.

그때 섭섭지 않게 대해 주어서 또 찾아온 것인지도 모른다.

삼 년 전 그대로 떠꺼머리였다.

집도 절도 없이 떠돌아다닌다더니 그저 장가를 들지 못한
모양이었다.

　　이 진사댁 마나님은 이번에도 고리장이를 문간방에
들이게 하고는 사랑으로 저녁상을 내가는 며느리 편에
식후에 이 진사, 내실로 듭시라는 전갈을 보냈다.

　　이 진사는 밤이 이슥해서야 내실로 들어왔다.

　　"영감, 삼 년 전에 왔던 고리장이 오늘 낮에 문간방에
들인 일 아시나요?"

이 진사가 자리 잡고 앉기를 기다려 마나님이 말을
꺼냈다.

"유기그릇 결으려구 들였을 테지. 그런 일까지 내가
알아야 하오?"

이 진사의 대답이었다.

"삼 년 전에두 떠꺼머리더니 그때 그대루 지금두
떠꺼머립디다. 헌데 쌍것이긴 해두 헌칠한 키서껀
듬직한 몸매서껀, 허여멀겋게 잘생긴 얼굴서껀,
그 씨가 탐스러워요."

"씨?"

이 진사는 정신이 든다는 듯 번쩍 불이 이는 눈빛으로
마나님을 흘겨보고 나서

"근본두 모르는 것을……."

우물쭈물 말끝을 흐리며 장죽에 담배를 담았다.

"근본이 없는 쪽이 더 낫지 않겠어요?
뒤끝두 깨끗할 테구."

마나님은 의견이 다르다는 듯 말했다.

"근본이 없는 것하구 근본을 모르는 것하구는 달라.

근본이 있는 눔인지 읎는 눔인지 모르지 않느냐는
소리요."

이 진사는 등잔불로 담배불을 달이고 나서 어조를
바꾸어 다시 입을 열었다.

"나라 잃은 백성이 억지 대는 이어서 뭘 하겠소?
대가 끊어지려거든 끊어지라구 내버려 둡시다."

"나라 잃은 백성이 대마저 끊어지면 안팎으루
망하는 거 아닌가요? 나라를 잃은 때일수록
대를 이어가구 씨를 퍼지두룩 해야지요."

마나님은 우기는 듯 조르는 듯 말했다.

"난 만사가 다 귀찮기만 하오. 부인이 다 알아서
좋을 대루 하시구려."

　이 진사는 몸을 일으켰다.

　이 진사와 마나님 사이에는 삼대독자 외아들이 있었다.
일찌감치 장가를 들었지만 장성하도록 후사가 없었다.
아들의 몸에는 씨가 들어 있지 않았다. 쭉정이였다.

　이튿날 저녁나절 마나님은 문간방으로 나갔다.
고리장이는 아침나절 산에 가서 베어 온
햇싸리나무 껍질을 벗기고 있었다.

"마님 납시셨습니까유?"

고리장이는 일손을 멈추고 황황히 일어섰다.

"심심해서 자네 일하는 것 구경하러 나왔네. 어서 일을
하게나. 일하는 것 보면서 궁금한 일 있으면 물을 테니까."

고리장이는 하던 일을 다시 이어갔다.

"떠꺼머리 따 늘인 것 보니 아직두 장가를 못 갔구만."

"절두 없는 떠돌이 고리쟁이한테 누가 시집을 올라구
해얍지유."

"돌아댕기며 버는 돈 다 어째구 아직 집 한간 마련
못했나?"

"별루 신통한 벌이두 못하는 거, 돌아댕기다 보면
길에다 모두 뿌려 없애게 됩지유."

"그렇기두 할 테지. 자네 올해 나이가 몇인가?"

"쓸데 읎는 나이 서른 살이나 됐습지유."

"어허, 과년했구만. 그 나이 먹두룩 부모나 일가붙이들이
중신 한번 스지 않던가? 부모형제, 일가붙이들은 어디서
자리 잡구 살 테지?"

"쉰네 어미가 그러께 세상 떠나구 난 뒤로 혈혈단신입지유.

쉰네 아비는 쉰네나 마찬가지루 혈혈단신 떠돌이
고리장이였는데, 삼십이 넘어서 쉰네 어미를 만났다구
들었습지유. 쉰네 어미두 친정붙이 하나 읎는 외톨이나
다름 읎습지유.

하늘에서 뚝 떨어져 내려온 듯 내내 친정붙이 있다는
말을 안 해주더니, 세상 떠날 임시해서 쉰네를
머리맡에 불러 앉히더니 첨으루 얘기를 해주더군입쥬.

쉰네 어미는 본디 양반집 딸루 태어나 사대부집에
시집을 갔는데, 어느 해 난리통에 워떻게 워떻게 하다가
소박을 맞구는 할 수 읎이 떠돌이 고리쟁이의 각시가
됐다는 겁지유.

쇤네 어미는 쇤네 외가가 어느 고을 어느 가문인가는
끝내 말을 해주지 않았습지유. 알아두 소용 읎는 일이기는
합지유마는⋯⋯."

"자네 아우들은 있을 것 아닌가?"

"쇤네 어미가 쇤네를 낳구는 아래루 하나를 더 낳았는데
어려서 병들어 죽은 뒤루는 다시는 태기가 읎었다굽쇼."

마나님은 그날 밤도 이 진사를 내실로 맞아들였다.

"영감, 저녁나절 문간방에 나가 차근차근 알아봤지요.
혈혈단신 외톨이에다가 몸속에는 양반의 피까지 섞여
있더군요."

마나님은 고리장이한테 들은 말을 되뇌이고 나서

"이만큼 마침한 자리두 다시 읇을 것 같으니 고리장이 씨를 받두룩 합시다."

이 진사 귀밑에 소곤소곤 말했다. 이 진사는 침통한 얼굴로 한동안 장죽 물부리만 빨고 앉았다가

"왜눔들한테 나라까지 뺏긴 백성이 억지 대를 이어서 무엇하오?"

어젯밤에 한 소리를 또 뱉어냈다. 하지만 그 말에 억센 고집이 들어 있지 않은 것도 어젯밤과 같았다.

"영감, 핏덩이는 차지하는 사람이 임자래요.

항차 내 며느리 뱃속에서 나올 핏덩이인데

내 자손과 다를 게 뭐 있겠어요?"

　마나님은 한번 더 다짐하듯 말했다.

이 진사는 이번에도 한동안 눈을 껌벅거리며

장죽만 빨다가 못 이기는 듯 입을 열었다.

"그눔이 세상천지 돌아댕기며 입방아를 찧어 놓으면

일은 일대루 그르치구 망신만 당할 것을……."

　말끝을 맺지 않았다.

"돈으루 입을 틀어막지요 뭐.

땅뙈기에 집 살 돈 쥐어 주어 멀리 떠나보내며 다짐을
받지요. 이 근처에 다시 얼씬거리면 혼을 내주겠다구요."

"난 모르겠소. 부인이 알아서 하시구려."

이 진사는 지그시 눈을 감았다.

마나님은 고리장이를 비어 있는 작은사랑으로 옮겨
들게 했다. 작은사랑이면 귀엣말 하기도 편할뿐더러
문간방보다는 며느리 방에서도 가까웠다.

틈을 보아 마나님은 작은사랑으로 고리장이를 만나러
나갔다.
이런저런 예사로운 얘기로 뜸을 들이고 나서

"자네 몸에 양반 피가 섞여 있다는 말이 정말인가?"

이렇게 속이야기를 시작했다.

"쉰네 어미 말이 거짓은 아닌 것 같았는뎁쇼."

고리장이는 그 말이 왜 또 나오는가 싶은 얼굴로
대답했다.

"지금부터 내가 하는 얘기를 예삿소리루 알지 말구
잘 귀담아듣게. 자네가 큰돈 벌 장사를 시켜줄 테니까."

"예?"

“자네 씨를 내게 팜세.”

“예? 무슨 말씸이시온지유?”

“내 얘기할 테니 잠자쿠 듣게.”

마나님은 귀엣말 하듯 작은 소리로 차근차근
사정 얘기를 풀어나갔다.

“그러니까 우리 며느리 뱃속에 자네 씨 한 톨만
튼튼하게 심어 준다면 자네두 집간하구 땅뙈기 차지하구
떠돌이 신세 면하두룩 해줌세.”

“쇤네가 감히 워떻게 그런 짓을…….”

"이 사람아, 내가 자네더러 우리 며느리와 은밀하게 내통하라는 얘기가 아니야. 자네는 단지 자네 씨를 씨 읊는 사람한테 돈 받구 판다구 생각하면 되는 게야."

"무신 말씀을 올려야 할지……."

"입 꾸욱 다물구 기다리게. 다시 자네를 보러 나오겠네."

마나님은 무엇에 홀린 듯한 얼굴을 하고 있는 고리장이를 놔두고 작은사랑을 나왔다.

그 밤 마나님은 아들 내외를 내실로 불러들였다.

"이 집안 대를 이을 길은 이 길밖에 없느니라."

마나님의 말은 추상 같았다. 아들과 며느리가 엎드려
소리 없는 통곡을 했다.

마나님은 산신령께 제사를 올리고 나서
점쟁이를 찾아가 날을 받았다.

그날 새벽 고리장이는 마나님의 분부에 따라 뒷산
샘터에 올라가 목욕을 하고 내려왔다.

이윽고 밤이 이슥해 집안 하인들이 잠들었을 때
마나님은 작은사랑의 고리장이를 불러내 며느리 방으로
슬며시 들여보냈다.
한 식경이 지난 뒤 고리장이가 며느리 방에서 나와
작은사랑으로 들어갔다.

고리장이는 키 두 짝에 광우리 세 개를 걸어 놓고는
며칠 뒤 이 진사댁을 떠나갔다.

고리장이는 동네 다른 집을 기웃거릴 생각도 않고 대뜸
동구 밖으로 걸음을 옮겼다.

광우리 하나, 소쿠리 하나, 채반 하나, 키 하나,
고리짝 하나, 조리 두 개를 짊어진 고리장이의 걸음걸이는
춤을 추듯 꺼불거렸다. 입으로는 노랫가락을 흥얼거렸다.

이십 리 길을 걷는 동안 고리장이는 주막마다 들러
막걸리 한 사발씩을 사 마셨다. 그래도 동네집에는
들르지를 않고 내처 걸어 고갯길에 접어들었다.

아까부터 멀찌감치 뒤처져 고리장이를 따라오던 장정
세 사람이 걸음을 빨리해 벌어진 너비를 줄이고 있었다.

고개 중턱쯤에서 장정들은 고리장이를 바싹 따라붙었다.
후미진 굽이 하나를 다시 끼고 돌면서 앞길을 후딱
살피고 난 장정 하나가 손에 들고 있던 막대기를 재빨리
추켜 들었다가 고리장이의 머리통 위로 내리쳤다.

쓰러지는 고리장이의 몸뚱이를 다른 두 장정이 부축해
안듯 하고는 울창한 숲속으로 들어갔다.

넉 달이 지나자 이 진사 며느리의 배가 둥글둥글
불러오르기 시작했다.

3

시아버지가 남편을 미워하고 있는 눈치를 알아차린
것은 새댁 홍씨가 시집오고 몇 달이 지나지 않아서였다.
시아버지는 무척 엄하신 분이구나,
처음에는 그렇게 생각했다.

바깥어른은 자식에게 가는 사랑을 굳은 얼굴, 엄한 눈초리,
무뚝뚝한 말투 속에 감춰 두는 것이 점잖은 처신이라고
알고 있지 않은가.

하지만 시아버지가 당신의 아드님을 보는 눈초리는
예사롭지가 않아 보였다. 사대독자여서 무르게 대하면
너무 나약해질까봐 저러시는 것일까.

그래도 시아버지의 눈매는 지나치게 모가 져 있었다.

아드님을 보는 눈초리에는 칼끝처럼 날이 서 있었다.

그 눈빛 앞에서는 곁의 사람들도 섬뜩해지며

몸이 움츠러들었다.

아들이 아버지를 대하는 태도도 예사로운 것이

아니었다. 아버지 앞에서는 무턱대고 설설 기며,

피해 달아날 궁리도 하지 못하게 얼어붙는 것 같았다.

시아버지는 아드님의 그런 몰골을 즐기는 것 같기도

했다. 아들 내외는 조석으로 부모님께 문안인사

올리려고 사랑과 내실을 거쳐 나오곤 했다.

"게 좀 앉거라."

절을 하고는 부랴부랴 일어서서 나오려는 아드님을
시아버지가 눌러 앉히곤 했다. 불러 앉히고는 얘기도
없었다. 입을 다문 채 칼끝 같은 눈초리로 아드님을
훑어보듯 하기만 했다.

이윽고 아드님의 이마에서 진땀이 배어나와 맺혔다.
시아버지의 입가에 서릿발 같은 웃음이 보일락말락
어렸다. 아드님의 이마에 송알송알 맺힌 땀방울이
줄기를 이루어 흘러내렸다.

"나가 봐라."

시아버지가 말했다. 시아버지의 앞을 물러나온
남편은 얼굴이 하얘지고 다리가 후들거리는 것 같았다.

시어머니의 눈빛은 따뜻하고 고요했다. 너무 고요해서
오히려 슬퍼 보이기까지 했다.

어느 날인가는 사랑을 거쳐 온 아드님의 얼굴빛이
창백한 것을 쓰다듬듯 바라보더니

"아버님 눈빛을 아직두 이겨내지 못하겠느냐?
아버님 눈빛을 마음속으루 이겨낼 때야
니가 한 사람 구실을 할 수 있게 된다."

타이르듯 말했다. 시어머니의 말은 한편으로는
시아버지의 예사롭지 않은 태도를 변명하는 것 같기도
했다. 그렇다면 역시 시아버지의 그런 태도는 아드님의
마음을 튼튼하게 만들기 위해서인가.
새댁 홍씨는 도무지 마음이 편하지가 못했다.

이 진사댁으로 시집을 가게 되었다니까 하늘에서 복이

떨어져 내렸다고 일가 사람들이 부러워하며

축복을 해주었다.

가문 좋고, 재산 많고, 신랑 인물 훤하고, 시아버지 사랑

도타울 테고……. 단지 사대독자 외아들이어서 주위가

외롭고 시어머니 눈매가 조금은 매서울지도 모르지만,

떡두꺼비 같은 아들 하나만 우선 빠뜨려놔라.

매섭던 시어머니 눈매 봄눈 녹듯 할 것이고 머지않아

그 가문 그 재산이 다 네 치마폭에 싸일 테니까.

하지만 와보니 시아버지 눈매와 시어머니 눈매가

서로 엇갈려 바뀌었다. 아들 하나 낳아 놓으면

시아버지 섬뜩한 눈길이 사그라들 것인가.

어느 날 밤 잠자던 남편이 가위 눌린 듯 소리 질렀다.

새댁 홍씨는 남편을 흔들어 깨웠다.

남편의 몸에 식은땀이 쫙 배어나 있었다.

"아버님이 날 죽인다구 칼을 꼬나쥐구 달려드셔."

남편이 숨찬 소리로 말했다.

칼끝을 피해 허우적거리다가 잠이 깬 모양이었다.

"당신, 아버님께 죄지은 일 있으세요?"

새댁이 남편의 가슴을 토닥거리며 물었다.

남편의 나이 열여덟, 새댁보다 두 살이 아래였다.

아직은 소년티를 다 벗지 못하고 있었다.

지난봄 고등보통학교를 졸업하는 길로
새댁과 혼인을 했다.

"없어, 죄진 일 없어."

남편은 격하게 고개를 내둘렀다.

"그런데 왜 그렇게 아버님을 무서워하시지요?"

"당신 눈에두 그렇게 보이나? 그래, 난 아버님이
무서워. 아버님이 무서워 못 견딜 지경이야."

남편은 몸을 부르르 떨었다.

"까닭이 있을 것 아니에요? 아버님을 무서워하는 까닭이 뭐지요? 그 까닭을 알아내 가지구 풀어버려야 해요."

"아버님이 나를 미워하시는 것 같아."

"미워하신다면 그 까닭이 있을 것 아니에요?"

"몰라, 나두 생각해보았지만 짐작할 수가 없어."

"아버님께 여쭤보세요."

"못 여쭤봐, 아버님 앞에 있는 것만 해두 숨이 막히는걸."

"어머님께 여쭤보시지요."

"어머님 말씀은 아버님이 나를 미워하실 까닭이 없다는

거야. 아버님 성격이 본디 그러신데다 내 쪽에서 아버님을

너무 어렵게 알구 피하기 때문에 서루 뜨악해져서

그런 생각이 들어간다는 거야."

"어머님 말씀이 옳은지두 모르지요. 당신이 지레

겁을 먹구 슬슬 피하니까 아버님이 못마땅해 하시다가

그것이 쌓여 노여움이 됐는지두 모르잖아요?"

"아니야, 그것만은 장담할 수 있어."

"그럼 뭐예요? 혹시 당신 서울 가서 공부할 때

아버님께 섭섭하게 해드린 일 없어요?

아니에요, 분명히 있을 거예요. 당신두 말했잖아요?

88

일본 유학 가구 싶었는데 아버님이 반대하셔서

못 갔다구요. 니깐 눔이 고등보통학교 나온 것만 해두

하늘의 별을 딴 거지 대학이 무슨 당치두 않은 소리냐구

호통을 치셨다구 말했잖아요?

잘못이 없었으면 그런 걱정 들었을 까닭이 없잖아요?"

"긴가민가했던 아버님의 미움이 그때부터 뚜렷하게

모습을 드러냈어. 그리구는 날이 갈수록 활활 타오르며

커져갔지."

"잘못한 일이 있을 거예요. 찾아내서 용서를 비세요."

"난 절대루 용서를 빌 만큼 잘못한 일이 없어.

아버님이 정신병에 걸리셨을 거야.

정신병에 관한 책을 찾아보면 자식을 죽이구 싶두룩

미워하게 되는 병 증세가 있을지두 몰라."

"무슨 그런 끔찍한 말을 하세요? 잘못한 것이 생각나지

않더라두 빌어보세요.

아침문안 드릴 때 눈 딱 감구 빌어보세요."

새댁은 남편을 날 새도록 구슬리고 달래고 했다.

아침문안을 드리러 가서 남편은 아버지 앞에 꿇어

엎드렸다.

"아버님 잘못했습니다. 용서해 주십시오."

남편의 목소리가 떨리며 자꾸 기어들어가려고 했다.

"지금 뭐라구 말했느냐?"

시아버지는 당신 무릎 앞에 꿇어 엎드린 아드님을 그 칼날 같은 눈초리로 내려다보며 서릿바람처럼 싸늘하게 물었다.

"용서해 주십시오, 아버님."

아들은 겨우 되풀이했다.

"용서하라구? 무슨 일을 저질렀느냐?"

"아닙니다, 아버님."

"그러면 기왕에 무슨 잘못을 저지른 것이 있다는 게냐?"

"모르겠습니다."

"모르겠다구 ? 으아 하 하 하……."

시아버지가 별안간 터뜨린 웃음소리는 간담을 서늘하게
했다.

새댁은 깜짝 놀라 숙이고 있던 얼굴을 처들어 바라보니
시아버지는 얼굴을 천장을 향해 추켜들고 입을 딱 벌린 채
어깨를 뒤흔들며 무섭게 웃어젖히고 있었다.
예사롭지 않게 보였다. 온몸에 소름이 쫙 돋았다.
정말 실성을 하신 것은 아닐까.
이것저것 생각할 것 없이 도망쳐 나가고 싶은 생각이
왈칵 치미는 것을 억지로 눌러 삼켰다.

얼결에 눈길을 보내니 꼼짝 않고 엎드려 있는
남편의 목줄기에 땀이 번지고 있었다.

"일을 저지르지두 않았구, 기왕에 저지른 잘못이
있는지두 모르겠구, 헌데 엎드려 용서를 빈다? 이눔아!
너 실성한 거 아니냐?"

실성한 듯한 웃음이 딱 그치고 호통이 터져나왔다.

"소자가 잘 모르고 있는 잘못을 아버님께서는 환히
알구 계시리라는 생각에서 말씀 여쭈었습니다."

남편은 뜻밖에 침착하고 조리있는 대답을 했다.

"이눔! 그러니까 내가 니 눔 눈에 못마땅해 보인다는 얘기렷다. 괘씸한 것."

"아닙니다, 아버님."

"네깐 눔한테 애비 소리 듣기두 싫어! 쓰레기 같은 눔, 꼴보기 싫으니 썩 물러가!"

"아버님!"

"사람 불러 끌어내가라구 하기 전에 어서 물러가라니까!"

시아버지는 이를 악물고 노려보았다. 핏발 선 눈에는 알 수 없는 노여움이 살기처럼 서려 있었다.

두 내외는 쫓기듯 시아버지 앞을 물러나왔다.

벼락을 맞은 듯했다. 대관절 어떻게 된 노릇인가.

"그런 일들을 이겨낼 수 있을 때라야 한 사람 구실을

할 수 있게 된다."

시어머니가 달래 주는 말을 했다.

차분히 가라앉은 부드럽고 조용한 얼굴, 웃음을 머금은

듯한 입가로는 알 듯 모를 듯 한숨을 노상 흘리고 있는

것 같은 느낌이 들었다.

그날 이후로 남편은 더욱 아버지 만나는 일을 싫어했다.

몸살 앓듯 했다. 그 일을 아침저녁 하루에 두 차례씩

꼬박꼬박 치러내야 했다.

남편은 밤마다 가위에 눌리다시피 했다.

아버지가 칼을 들고 달려들거나 가슴을 타고 앉아

목을 조르는 꿈을 꾼다는 것이었다.

"아무 때건 아버지가 나를 죽이구 말 거야."

남편은 꿈에서 깨어난 뒤에도 그렇게 중얼거렸다.

어느 날 집을 나간 남편이 돌아오지 않았다.

남편은 열흘이 지나고 보름이 지나도 돌아오지 않았다.

새댁은 혼자서 아침저녁 시부모님께 문안인사를 드렸다.

시아버지도 시어머니도 아드님 얘기를 입에 담지 않았다.

마음속으로는 근심이 태산 같으실 테지.

사람을 놓아 여기저기 찾아보고 있는지도 모른다.

그렇게 한 달이 지난 어느 날 아침이었다.

인사를 하고 물러나오려는데

"아직 소식 없느냐?"

시아버지가 불쑥 물었다.

"어떻게 된 노릇인지 모르겠습니다."

새댁은 공손하게 대답했다.

"흥, 떠돌이 고리쟁이모양 떠돌아댕길 테지."

"아버님은 소식 듣구 계셨습니까?"

새댁은 귀가 번쩍 틔어 물었다.

"아니다. 나가 봐라."

시아버지의 별안간 움츠리는 듯한 대답이었다.

　새댁은 시어머니에게 아침인사를 드리고는

시아버지가 하던 말을 전했다.

"아버님 어머님께서는 소식을 듣구 계십니까?"

"소식 없다. 니 배나 조심하거라."

시어머니가 말했다.

남편이 집 나간 지 여섯 달 만에 새댁은 몸을 풀었다.

"마님께 손녀를 보셨다구 여쭤라."

  산파가 말하는 소리를 들으며 새댁은 가슴이 쿵 내려앉는 것을 느꼈다. 이씨 가문에 대가 끊어질지도 모른다는 생각이었다. 남편이 돌아오지 않는다면 대는 끊기는 게 아닌가. 남편은 영영 집을 떠난 사람 같기만 했다.

그리고 새댁은 자기가 영영 용서받지 못할 죄인이 될 것 같았다.
세이레 동안 누워 있으라는 것을 한이레만 쉬고는 시아버지한테 아침문안을 드리러 갔다.

  "아버님, 소녀가 이 가문에 큰 죄를 지었는지두 모르겠습니다."

새댁은 조마조마한 마음으로 말했다.

"다 하늘의 뜻이야. 하늘은 올바루 보구, 올바루 알구,
올바루 행하는 거야. 하늘의 뜻은 사필귀정이야."

뜻은 잘 모르겠지만 음성은 뜻밖에 부드러웠다.
아드님 생각이 나서 그러시나 보다고 생각했다.
눈앞에 있는 아드님은 미워했지만, 막상 아드님이
집을 떠나 돌아오지 않으니까 그리우신 건 아닐까.

새댁 홍씨는 밤이면 정한수 물그릇을 장독대에
올려놓고 남편 돌아오게 해달라고 정성을 드렸다.
하지만 남편은 이세상 사람이 아닌가 싶게 돌아올 줄을
몰랐다.

일 년 뒤 시아버지가 세상을 떠났다. 새댁은 시아버지의
궤연에 아침저녁 상식을 올릴 때마다 끝모를 설움이
복받쳐 올라와 울고 또 울었다.
내 인생도 이미 끝장이 났다, 그런 생각이었다.

자기가 살아 있는 것은 단지 시아버지 궤연에 상식을
올리기 위해서인 것 같았다. 탈상해 궤연이 치워질 때는
나는 허깨비가 되어버릴지도 모른다 싶었다.

시아버지 소상을 앞두고였다.
어느 날 아침나절 낯선 사람이 찾아왔다.

"여기가 이 진사댁인가요?"

문간에서 묻는 남자의 음성이 들리고 무언가
두런거리더니

"마님, 서방님 소식 가지구 사람이 왔는뎁쇼."

일하는 계집애가 뛰어 들어오며 소리 질렀다.
시어머니와 새댁이 각기 방문을 열어젖혔다.
깊이깊이 가라앉아 아무리 센 물결에도 흔들릴 줄을
모르던 시어머니가 허둥대며 문간으로 쫓아나갔다.

"내 댕겨 오마."

잠시 후 시어머니의 음성이 들렸다.

시어머니가 돌아온 것은 저녁 때였다.

차소리가 문 앞에서 들리고 하인들이 쫓아나갔다.

하인들이 송장이 다 된 남편을 떠메고 들어서는 뒤를

시어머니가 어린 것을 감싸 안고 뒤쫓아 들어오고 있었다.

시어머니의 눈은 죽어가는 아들의 뒤를 쫓지 않고

품에 안은 어린 것에게로 쏠려 있었다.

무엇부터 해야 될지 몰라 쩔쩔 매며 서 있는 새댁 앞으로

시어머니가 다가와 멈춰섰다.

"이것 받거라."

시어머니가 말했다.

새댁은 얼결에 어린 것을 받아 안았다.

"애비 씨다. 불알을 큼직하게 달구 나왔구나.

잘 키워라."

시어머니 얼굴에 흐뭇한 미소가 떠올라 있었다.

그 미소는 죽어가는 아드님을 향해 걸음을 옮기면서도

지워지지 않고 있었다.

4

　용인댁은 혼인말이 있을 때부터 별로 마음이 쏠리지가 않았다.

시할머니, 시어머니 자리가 다 홀어미인데다

시어머니 자리는 친시어머니도 아니라는 얘기였고,

신랑 자리는 시아버지 자리가 밖에 나가 다른 여자 보아서

낳아 가지고 돌아온 아들이라는 둥,

듣기만 해도 머릿속이 뒤숭숭하고 어수선했다.

신랑 자리 나이가 자기와 동갑이라는 것도 탐탁지가

않았다. 감싸 주고 묻어 주는 맛이 없을 것 같았다.

한번 그렇게 생각이 들어가니까 중매쟁이가 뭐라고

입에 발린 소리를 지껄여도 마음이 돌아서지를 않았다.

어머니한테도 마음이 안 내킨다는 얘기를 여러 번 했다.
그리로 시집을 가면 앞길이 순탄치 않을 것 같은 생각이
자꾸 들었다.

왜정 때만 해도 부모가 자식을 물건 다루듯 하지는
못했다.
항차 해방이 되어 서양 바람이 마구 불어오는 마당에야
말할 것도 없었다. 당자가 정 뜨악해하면 한 번쯤
멈춰보기라도 할 일이었다.

  한데 마구 떠밀어넣듯 했다. 용인댁은 아버지 어머니
중매쟁이가 한 덩어리가 되어 달래고 어르고 하는 바람에
정신이 멍해져서 시집을 가고 말았다.

시집가서 폐백을 드리니까

"더두 말구 아들 칠형제만 낳아라."

시할머니가 대추를 치마폭에 던져주며 말했다.

시할머니는 그 말을 일곱 번이나 되풀이했다. 시집 재산은

논 한섬지기하고 밭 이천 평에 산 십 정보가 전부였다.

농사집 재산 그만하면 탁탁하기는 했지만 부자 소리 들을

계제는 못 되었다.

많던 논밭 토지개혁 바람에 다 흩어졌다고 했다.

친정부모가 뭘 바라고 나를 그렇게 힘들여 떠밀어넣었을까

하는 생각이 들었다.

시어머니는 일을 만들고 비틀고 하며 시집살이를
시켰지만 시할머니는 감싸주고 토닥거려 주곤 했다.
신랑은 재미머리는 없었지만 약하지는 않았다.
덤덤한 사람이었다.

시집가자 아이는 바로 들어 이듬해 봄 아들을 낳았다.
시할머니는 덩실덩실 춤을 추는데 시어머니는 눈꼬리가
샐쭉해져 있었다.

그런대로 자리가 잡혀갔다.
어디로 시집을 간들 농사짓는 집이라면 이보다
훨씬 낫지는 못할 것이다 하는 생각도 가끔 들었다.
그래, 난리만 나지 않았던들 이런저런 인생살이 맛보며
순탄하게 지내게 되었을지도 모른다.

114

어린 것이 태어나고 얼마 안 되어 난리가 일어났다.

난리통에 남편이 비명에 죽고 시할머니마저 세상을

떠났다.

난리가 가라앉자 시어머니가 재산을 나눠가지고

서로 갈라서자고 했다.

논 일곱 마지기 밭 칠백 평을 떼주었다.

시어머니는 그것을 팔아 가지고 어디론가 떠나갔다.

용인댁은 일꾼을 데리고 몇해 동안 농사를 지어보았지만

힘에 부쳐 견뎌낼 수가 없었다.

시댁의 땅과 아이를 친정에 맡기고 개가를 했다.

"아부지, 지가 맡긴 시댁의 집이랑 논·밭·산은

종식이가 커서 장가 들거들랑 종식이한테 돌려주세유."

친정에 맡긴 종식이가 열다섯 살 되던 해

집을 나갔다는 소식이 왔다.

"아부지, 지가 맡긴 시댁 재산 고스란히 간수하셨다가

종식이 돌아오거들랑 돌려주세유."

집을 나간 종식이는 소식이 끊어진 채였다.

어디 가서 죽었을 것이라고 말들을 했다.

하지만 용인댁만은 종식이가 꼭 살아 있고,

언젠가 돌아올 것을 믿고 있었다.

용인댁이 아들 종식이한테서 편지를 받은 것은

종식이가 집을 나가고 열다섯 해째가 되었을 때였다.

편지에는 종식이가 슬하에 아들 두 형제를 두었다는

얘기도 씌어 있었다.